못의 시학

시와소금 시인선 · 063

못의 시학

박지현 시조집

시와소금

쓰고 지우는 일이 어찌 글뿐이랴. 무수한 생각도, 하는 일도, 일상의 일 조차 쓰고 지우는 일이 많아졌다. 지금 이 순간을 잊지 않으려, 잃지 않으려 애를 써보지만 어느 새 지워진다.

강원도 산길은 언제 봐도 아름답다. 바람이 살아 있고 햇빛이 살아 있다. 한계령이나, 미시령, 구룡령이나 운두령, 조침령 고갯길을 넘다보면 백두대간의 등허리가 만져진다. 영(嶺)을 넘으면서 보이는 것은 아래에선 절대로 보이지 않는다. 쭉쭉 뻗은 고속도로에 꿰인 백두대간의 등허리라니. 거친 바람 등 뒤의 햇살은 여기서도 따뜻했다.

일부러 고갯길을 선택해서 만나는 것들은 그래서 소중하다. 해발 1000미터를 넘으면서 정상과 중턱에 살고 있는 꽃과 나무들에게 질문한다. 왜 하필 여기 피어 있는 거니? 그러나 바람 속에서 그저 몸을 흔들기만 한다. 산길을 벗어날 때 무언가 지워지는 이 느낌은 무얼까? 오늘을 뒤돌아 본다.

2017년 여름

| 차례 |

| 시인의 말 |

제1부 어린 그늘

제2부 전갈의 말

제3부 못의 시학

제4부 무늬하루살이

| 작품해설

제 **1** 부

어린 그늘

늦가을 편지

다만 당신
그 언저리 서성이던 늦가을
그 빗물에
뭉개진 축축하고 웅크린 기억

어제는
알았었는데
오늘은 잊어야 하리

아는 척
살아갈 날 그 언저리 마른 잎이
마음 뒤편
착한 얼룩 그 마음을 다 덮어서

짓무른
당신의 발등
이제 보내야 하리

폭설 이후

굶주린 고라니가 눈밭에 길을 낸다

두어 걸음 걸으면 왔던 길이 무너진다

천지가 한 방향인 걸 두 귀가 먼저 안다

폭설을 삼킨 고요 칼바람이 후려친다

허공에 핀 눈꽃들이 예고 없이 베어진다

고라니 젖은 눈동자 핏빛으로 날이 선다

농담弄談

무게로 치자면 벌새보다 가벼운 것

질량으로 따지면 아프리카 코끼리만한

환선굴 윤회재생輪廻再生 그 울림통 같은 것

한 겨울 아랫목의 잘 익은 구들장 같은

그 구들장 굴뚝타고 허공으로 흩어지는

문 열고 돌아서면 금세, 사라지고 없는 것

어린 그늘

스치듯
촉촉한 결
스밀 듯 뒷걸음치는

곰 살피는
따듯한 눈 손길 하나 없어도

초록을
숨겨놓은 땅 한 뼘 그늘 익어가네

한 생애
무르도록 속엣 것
다 내주었던

가파른
산등성이 감자꽃에 흐드러지네

아버지
설핏 든 낮잠 무량한 꿈 익어가네

개개비 개개비비

초록 물감 짓무른
팔월 연밭 한낮이

개개비 붉은 입에
개개비비 저무는데

빛 낡은
기억 한 장이
노랗게 자지러지는데

바람도 돌아앉은
눈 아린 연잎 위를

온종일 지치도록
네 지문이 떠오른다

오래 전

잊었던 얼굴
소나기처럼 지나간다

신춘新春

학교 담장
모래밭에
비둘기 예닐곱이

쌓인 눈을
쪼고 있다
등허리에 해 얹고서

땅속에
묻어 놓은 봄 얼마 쯤 올라왔나

옆 가게
문구점 앞 개구쟁이 서넛이

카드 뽑기
열중이다
비둘기처럼 쪼고 있다

언 손을
빨갛게 익혀 봄꽃 되고 말 거라는

소리도
삼켜버린
우수지난 함박눈이

행인들
어깨에도
자동차 바퀴에도

지들이
봄꽃이라고 난분분 피고 있다

소유에 관한 고찰

전깃줄 위
우르르 비둘기가 날아든다

오래 버려졌던
참새들의 전용 구역

늦여름
무더위 뚫고
리모델링 한창이다

내 앉은 곳
내 소유라 등 휘도록 닦는다

한 생애 닦은 자리도
돌아보면 낯선데

발가락

무뎌지도록
전깃줄에 윤을 낸다

애초
전깃줄은 누구의 것도 아닌 것

날개 젖은 길손들의
고독한 정거장일 뿐

비둘기
애써 닦은 땅
빗방울에 무너진다

첫봄이라더니

언 날이

쩍,

갈라진다

봉인 푸는 꽃술들

성급한

사람들은

제 발밑

들여다본다

진달래,

산수유, 매화…

저만치 달아나고 없는데

고백

네가,
나를 안다는 것은
안 보고도
보았다는 말

내가,
너를 안다는 것은
봄날 같은
거짓말

비 온 후, 한 번에 쏟아낸
은행잎의 고백 같은

부끄럼 던지다

휘휘, 휘파람 붙좇으며 세탁기가 돌아간다

다 해진 당신 가슴팍
외줄 타듯
뛰어내린다

부끄럼 벗어 던진다 살꽃들이 다퉈 핀다

적막 · 2

유리창을 호호 불면
절벽이 일어섭니다

면포로 닦아내면
잠 설친 목숨들이

어둠에
맨발을 묻은 누군가 보입니다

완고한 축구공 같은
단단한 이승의 껍질들

갈 길을 놓아버린
그믐밤의 시간들

유리창
호호 밝혀서 하얗게 지워봅니다

생의 허공 깎아지른
적막의 유리벽을

가지런히 펴고 두드려
햇볕에 잘 말립니다

어둠도
밝음도 아닌 마음 하나 떠 있습니다

꿈

펼쳐놓은
책 위로
나비 한 마리
듣는다

활자와
나 사이를
건듯건듯
오가더니

한순간 사라져버린
뒷모습이 낯익다

책갈피에 묻어놓은
뜨거웠던 꽃잎들

가벼워진 섬처럼

헐거워진 밤처럼

바람의
등목을 타고
사뿐사뿐 내린다

나는, 생의
어느 갈피에
나비로 접혔을까

기억 속 잃어버린
달빛으로 누웠을까

읽다만
꽃잎의 문장
책갈피에 숨는다

문상

팔순 어미 잘 어르던 얼굴 까만 아들의
그 갈비뼈 눌린 아픔 곧잘 슭든 어무이가

불볕의 마른 장맛날
새벽녘에 떠났다

달맞이꽃 채종유가 가을들판 익혀낼 때
깨알의 씨앗 틔운 어무이 해진 가슴은

그 사내 떠난 적 없던
이맛돌 구들이었다

평생 일군 농사가 씨알 굵지 않아도
엎드려 땅을 일군 불거진 손마디는

풋내 난 소복한 소반

칠흑 밝힌 기름종지였다

부의라고 쓴 봉투에 얼굴 까만 아들의
그 손 안 닿는 외로움 꽃물들이던 어무이를

먹먹히 밀어넣었다
윤오월 보름이었다

봄, 의암호에서는

저녁 해가 마지막 제 맨살을 태우려다

앙상한 눈만 남은 먼 산을 돌아본다

문간에 등 흔들리는 젖은 날 그날처럼

이쪽 아니면 저쪽인 그저 그렇게 살아온

누군가의 차고 시린 한 때의 헛발길질

연둣빛 고운물빛으로 기워내고 있다

자귀꽃 산길

자귀꽃 등불 켜든
굽은 산길 달리네
뒤 따른 이 없고 마중하는 이 없는데
길 하나 망설임 없이 뒤뚱이며 흐르네

오체투지 길을 따라 해진 길 보듬는데
갈증의 타오른 날 빛살은 더 멀어지고
뻐꾸기 울음소리만 산을 타고 날아가네

산속에 모여든 길
모두 산이 되고 싶었네
남루의 맨발로나 하늘 총총 기웃대네
질척인 바퀴자국만 자귀꽃 활활 피우네

제 **2** 부

전갈의 말

냉이꽃

봄 햇살
가득한 들판
흔들리는 작은 어깨

촘촘한
걸음으로
전 생을 끌고 간다

단단한
이마 언저리
다음 생이 피었다

마중물

힘주어
펌프질 한다
어깨 무너지도록
촘촘한
내 안부가
그대에게 닿을 때까지

저물녘
가등 켜지고
별 총총
눈뜰 때까지

춤추듯
펌프질 한다
바닥을 다독이며
마른 눈매
서늘한 입술

촉촉이 젖을 때까지

풀벌레
날개를 접고
들녘 깊이
잠들 때까지

한 생이 피고 지는
펌프질 숨은 이야기
풀지 못한
내력은
행간에 반쯤 접어서

발치께
올려놓는다
그대
차오를 때까지

모서리

살아있는 것들은
죄다 모서리를 가졌다
좌측우측 드러난
쇄골의 그 어디쯤

한 발은
버티고 벼려
부서지고 흩어져도

떠받드는 어깨 하나쯤
여벌로 남겨서
비위 맞추고 짐짓
못 본 척 돌려 막으면

넉넉한
그늘 뒤에는
햇발이 구르는 것을

살고 싶은 것들이
어쩔 수 없이 껴안는
헐거워진 허리춤에
늘어나는 바짓가랑이

슬며시
잡아 당겨서
둥글게 말아본다

다림질

구겨진 옷을 달래 안팎으로 분무한다

다 식은 옛길 지우고 담장마저 허문다

잡초에 갇힌 집 한 채 모래바람 푸석하다

뜨거운 김 우린 곳엔 섬으로 뜨는 상처

막다른 가슴 안쪽 풀벌레만 날아들고

솔기에 묻혀버린 꿈 뒤집어 훌훌 턴다

천근 무게 앞섶을 토닥토닥 두드려서

눈 아린 그 새벽을 푸르게 앉혀본다

눈부신 새 길 하나가 반듯하게 놓일 때까지

폭설에 대하여

1
아무도 모르게
한 몸이고 싶었다

모른 척 야합하며
내통하고 싶었다

목메어 허물어지는

통곡이고 싶었다

2
너를 누른 것도
누군가의 상처였다

차마 귀 닫자 했던
그때의 함성이었다

버거운 아픔 감추려고

산등성이 다 무너뜨렸다

3
해맑은 물감들이
두근두근 번져온다

폭설의 등허리에서
제비 떼 지저귀면

연둣빛 봄의 음각이

귀 먼저 열고 있다

폭죽

끝끝내 돌아선
뒷덜미가 허옇다

훌훌 털어내고
내어놓는 그대 향기

민들레
벙근 한 생을
흔적 없이 날려본다

의자에 걸터앉은
헐렁한 저 노인들

진작 몸 벗어놓고
날아오르길 기다린다

바람에

잘 마른 빈집
햇살을 껴안는다

떠나는 생명들은
모두 한 깃을 가졌다

제각각 혼자여도
모이면 하나인 것을

수많은
목숨 하나가
뭉클 솟아오른다

신발을 탐하다

신을 벗어든 건
남루한 마루의 탓

아득한 적의가
손을 내밀어서다

맨발의
막막한 온기
쉼표 찍고 싶어서다

그 발에 길을 묻고
숲을 잃어버린 날

바닥이 다 닳도록
길을 찾아 나섰다

지도 속

외길 번호가
신발 속 그 길인 것을

전갈의 말

전갈 앞다리에
팽팽히 날이 선다

그 날을 흔들며
메뚜기가 뛰어오른다

독이 든
생의 뒤축이
모래흙에 묻히면서

차선 넘는 앞뒤바퀴
뒤죽박죽 엉긴다

짓찧고 으스러진 경계
석양까지 물든다

샛노란

목숨 뒤축이
솟구쳤다 떨어진다

독을 품은 모래도시
제어 잃은 속도여

발끝 세운 목숨들이
앞질러서 달려간다

차선에
파묻힌 전갈
생의 한낮이 접힌다

바닥론論

한없이
몸 낮추는 건

구부릴 수 없어서다

구부리다
구부리다

더 낮아질 수 없어서다

어쩌다
일어서보면

그대 먼저 엎드려서다

어두워진다는 것

풀벌레가 저녁을
천천히 끌고 옵니다

발자국들 하나둘씩
누옥으로 갑니다

불빛들 발끝 들고서
시린 하늘 데웁니다

공명

먹물 깊은 바람동굴
누군가 울고 있다

두드려야 조금씩 드러나는 발자국

고요도
뒷걸음질 치는
헛헛한 생의 절규

만지면 사라지고
돌아서면 달려온다

한 나절 지나도록 물소리만 떠다닌다

거친 숨 벽에 새기고
그 흔적 쫓아가는데

쿵! 하는 울림의 소리
낯익은 어둠 하나

또 다시 둘러봐도 한 치 앞은 방벽, 방벽…

오래된 내 안의 울음
힘껏 끌어안는다

고래처럼

태화강 거슬러
울산 앞바다에 이르면

모래바닥 뒹굴었던
고래를 만날 수 있다

서둘러
닦고 쓸었던
그 시절 그 몸부림도

십리대밭 지나
울산 앞바다에 이르면

하얗게 숨 뿜어내는
고래를 만날 수 있다

만장의

깃발 펄럭이던
맨발 아린 암각화도

잎만 봐도

꽃을 볼 때
잎을 알고
잎을 볼 때 꽃을 아는

눈 밝은
봄날 한 때
천천히 저물어갑니다

잎 틔운
나뭇가지에
꽃향기가 에돕니다

가지치기

열매 다 떨군
과수나무
가지치기 한창이다

젖은 날
마른 날이
가지 끝에 대롱거리는데

뙤약볕
뜨거웠던 날
거친 발에 새겼는데

반사경에 들다

굽은 척추 견디는 건 반사경 때문이다

굴절의 한낮을
내달리다 물러서면

몸 낮춰
바퀴 굴리는, 숨 고르는 하루 해

뼛속까지 눅눅한 늦여름 장마처럼

살 속을
허물어서
뼈조차 내려놓는다

난분분
흐드러진 날 이제서야 둥글다

제 3 부

못의 시학

질경이
– 못의 시학 · 1

건봉사 가는 길에 수북한 질경이들

끼리끼리 수군수군 민머리 맞대고서

초봄의 짧은 햇살을 여기저기 퍼 나르는데

허리 굽혀 땅을 일군 익숙한 몸놀림이

땀에 절어 질퍽한 그때 그들의 것이라

발걸음 사뿐 멈추어 일손 거들어주었다

허공 깊은
— 못의 시학 · 2

무성한 못질을
온몸으로 받아낸다

깊이를 알 수 없는
허공 깊은 발끝모아

한순간 뚫고 들어온
아득한 적요의 날

평생토록 온몸을
두들겨서 일으키는

가장의 양어깨도
황태처럼 각이 섰다

못 박혀 휘청거리지
쿨럭이지 못하는

상처 피다

― 못의 시학 · 3

허공을
내려놓고
딸깍
생각을 켜본다

한 치 앞
절벽이야
모른 척
해보지만

물컹한
늪지의 기억
뽑히지 않는 상처들

소리를
두드리면
고요에

이는 물결

못 통을
헤집어서
녹슨 나를
골라낸다

침묵의
바다 끝에서
당신이 욱신거린다

별
— 못의 시학 · 4

뽑아낸
이 못을 어찌,

어찌할까 생각한다

저 가슴에 못질할까
그 발길을
가로막을까

총총한
밤하늘 별 되게
거름이나 주어볼까

침묵
- 못의 시학 · 5

소리 중의 소리는 공명조차 사라진 것

뼈와 살 죄 녹아내린
어둠 저쪽
여명의 눈〔眼〕

오독誤讀의 그 절정까지 온몸으로 받는 것

밤

- 못의 시학 · 6

캄캄한 밤
찾아왔네

한 때의 추억처럼

외줄 타고 건너온
옛 밤의 전설처럼

귀 닫고
듣지 않아도

내 몸은 듣고 있었네

대낮 밝은
기별에

밤인 줄 몰랐다가

풀벌레 울음소리에
밤조차 떠난 것을

온 몸에
돋은 못 자국

그때서야 알았네

만남
— 못의 시학 · 7

차창에
흐르는 풍경
촉촉이 젖어 있다

이제 막 떠난 사람
이제 막 만난 사람

그 눈가
짓무르도록 창유리를 닦고 있다

하루가
짧은 것은
이별과 만남 때문인데

오늘 지지 않은 해
무엇을 또 기다리나

길 끝에
걸린 풍경이 칼바람을 껴안는다

사리
- 못의 시학 · 8

누군가 흘리고 간 저물녘의 긴 그림자

뒤돌아선 바람처럼 욕심 없는 하루처럼

모서리 닳고 닳도록 내어주고 내려놓은

말갛게 속 비치는 초여름 나뭇잎처럼

한 때는 씨앗이었던 꽃들의 전생처럼

못 하나 땅에 누웠다 살 다 벗은 사리여

편견
– 못의 시학 · 9

손끝에
힘을 실어
발끝을 밀어낸다

가슴에 꼭 끌어안은 시간들의 허상을

발끝이
알아차린 걸
손끝이 모른척 한다

기울기
– 못의 시학 · 10

한쪽을 받아내면
또 한쪽이
기운다

하루의 무게만큼
봄날 또한
기운다

눈 속에 가득 차오르는

당신 향한 그리움이야

내려놓다
- 못의 시학 · 11

채워도
채워 넣어도
허허로운 길 끝에선

가진 것 못 가진 것 다 내어놓으리

그래도
흔들린다면
차라리 빈 집 되리

길들다
– 못의 시학 · 12

한낮이
이우는 건 그냥 마냥 가는 거고

한밤이
어두운 것도 습관일 뿐이라고

어쩌다
귀를 내준 날
풀벌레가 속삭이는데

무게
― 못의 시학 · 13

두드리면
휘어지고
휘어지면 달아나는

내 안의
또 다른 나
저울에 올려본다

눈망울
어디로 가고
눈금만 달랑인다

눈물
- 못의 시학 · 14

염도를 잴 수 없어도
무엇이든 삭히리

멍든 가슴 죄다 열어
욕망을 채워주리

채워둔 그 욕망 너머
다시 짠물 출렁일지라도

제 **4** 부

무늬하루살이

폭설주의보

의례적 일기예보에 느닷없는 폭설이다

하늘을 쳐다보는 눈, 눈 창살에 갇히다

비상등 깜빡이고 한 치 앞이 절벽이다

종종 걸음의 사람들 발자국이 나부낀다

출구 잃은 기억은 모두 한 색이라는 것

내 안의 터진 이음새 폭설이 봉합한다

진화

등뼈 없는 것들은
등뼈를 세우고

등뼈 있는 것들은
제 뼈를 허물어서

울음도
들키지 않게 눈치껏 날려야지

겨울눈처럼 갖출 거
다 갖추면 안 되지

보고 싶다 달려오고
나뭇가지에 애걸하는

고전적
엇박자 걸음 흉내 내면 안 되지

공중에서 공중으로
바닥에서 바닥으로

이마에 닿을락 말락
입맞춤만 해야지

봄눈은
한바탕 굿판 더도 말고 그렇게

라일락할매

봄비에
부슬부슬 인사동이 젖어든다

발그레한 시간의 문
촉촉해진 저녁에

다 삭은 할매, 할매가 허리춤을 추스른다

아랫도리
깊은 곳 어르고 더듬는데

누수된 삶의 자리
쉬 찾지 못한다
괜시리 얼굴 붉어져 고개를 돌리는데

건너

설렁탕집 타고 오른 라일락이

차마 다 뽑지 못한

열세 살 부끄럼으로

봉긋한 청보라 유두 겨우 가리고 있다

한때는

저 할매도 봉긋한 청신淸晨의,

아무도 넘보지 못할

유두 가졌으리

철 이른 인사동 봄날 꽃향기로 출렁인다

봄, 기대어 피다

1.

봄꽃들 숨겨둔
분 냄새를 내놓으면

휘청휘청 빠르게
물러앉는 소소리바람

고양이
설익은 그루잠 돌담장을 넘어간다

2.

돌계단을 밟고 선
별꽃 꽃마리 깽깽이풀…

봄 햇살이 등을 밀면
모른 척 방을 바꾼다

이삿짐
짊어진 맨발 그 몸짓이 발긋한데

3.

미처 거두지 못한
꽃의 그늘은 고양이의 것

그 고양이 발치께
분 냄새가 자라고

봄, 봄, 봄
나비잠 들듯 무량 한 시절 날개돋다

유리창 나비

햇살이

사뿐 앉는다 봄 화분 유리창에

날개 활짝 펼쳐든

점박이 나비 한 마리

가볍게

날아오른다 오래된 진경화眞境畵다

앞날개

막질의 무늬 서녘처럼 흐리다

벽 한 쪽을 도려낸

점박이 눈곱재기 창

이국땅

그 저녁인 듯 외할매 스며있다

무늬 하루살이

생전의
눈부신 날
제 날개 깊은 곳에
아무도
모르게 미련하게 숨겼다
활활활
목숨 벗은 후 무늬 하나 남겼다

길 위를
굴러가는
남은 바퀴 하나쯤은
옆구리에
슬쩍 내 것으로 갈아 끼워
한 생을
그저 그렇게 남들처럼 굴릴 걸

가진 것

다

내어주고도

못 준 것이 더 많았다던

날개만

퍼덕여도 생의 속이 다 비치는

아버지

따뜻한 걸음 빈 몸 벗어 거둔다

항해일지
– 무늬 하루살이 · 2

모래밭을 거스르면 푹푹 빠지는 생의 길

걸음 하나 땡볕 하나 걸음 둘에 갯바람 둘

한 시절 모든 날들을 등껍질에 새긴다

윗저고리 안쪽 뒤져
절망을 찾아내고

호주머니 탈탈 털어 눈물도 털어낸다
한 생애

다 지나도록
꽃의 무늬 새긴다

가끔은 거친 파도 얼굴을 후려쳐도

만선의 가장의 날 오늘도 쉴 수 없어

아버지 덧나는 상처 수평선이 달린다

바다를 깁다
— 무늬 하루살이 · 3

해풍이
잘 여문 포구
햇발이 그득하다
시어머니 며느리
반나절 꿴 그물이

묘박에
단단히 묶인 풍랑을 풀어낸다

한 줄 두 줄
코를 꿰인
수십 년 파도의 날
시어머니 남편 따라
부표 던져 견뎌온 날
바다 끝
아들 길 따른 며느리가 안쓰럽다

바다로
떠난 사내들
만선을 기원하는
간절한 눈빛 모아
하늘 떠받친 고부

온종일
바다만 깁는 젖은 날의 일상들

해무

– 무늬 하루살이 · 4

바다로 난 길들이
안개에 숨어 있다

출항 앞둔 서른 즈음
가슴에 봉인한 채

아무도
찾을 수 없던 어스름의 방황이

비도 눈도 아니면서
너도 나도 아니면서

왜 안개는 그 자리를
떠나지 못하는지

가파른
물살 저 너머 젊은 한 때 발길이

한 치 앞도 못 가린 건
안개 때문 아니리

정지된 시간 앞에
무릎을 꿇어본다

툭, 꺾인
시간의 허리 허물 벗듯 꽃 핀다

고요한낮
– 무늬 하루살이 · 5

아까부터
아버지 갑판 위에 엎드려서
고요 속 침묵 속
그물 손질 열중이다
뱃전에
부딪는 파도 오늘도 묵언 중이다

수협에서
대출한 돈 다 갚지 못했는데
끊어진 그물망만
칼바람에 출렁인다
먹구름
갈매기 무리 침묵 콕콕 쪼는데

도회지에서
돌아온 바느질 서툰 아들
아버지 일손 덜려다
그물망이 엉켜도

침묵은
잘 어울리는 햇빛 그늘 같은 것

적조
− 무늬 하루살이 · 6

멀리 수평선 너머 편서풍이 불어온다

진작 그만둘 것을 수없이 다짐했지만

아버지 눈 부릅뜨고 물보라를 껴안는다

한평생 살아온 굳은 살 박힌 뱃일에

꼭 한 번만 타고 그만두리라 맹세는

적조의 파랑주의보 헛된 다짐 된 것을

창문을 꼭꼭 여미고 단단히 가슴 채워

다시 또 투망이다 부표 향해 달려가리

파랑의 거친 수평선 편서풍도 밀어내리

미역의 날
– 무늬 하루살이 · 7

1.
해안가
자갈의
네모난
철제 망 위

미역이 꼬들꼬들
햇살을 우려낸다

기장댁,
망망대해를
비우고 또 채운다

2.
미역을
가득 품은
저 푸른 해안선은

해일이 들이쳐도
또 다시 일어서는
아비의
뜨거운 가슴
도돌이표 삶의 길

3.

한 평생
미역 말리던
해안선 자갈밭은
물질미역 여인들의
전생의 숙명의 길
오래 전
바다에 기댄
봉긋했던 새댁 길

.

욕망의 그늘,
욕망하는 일상의 변주

박 지 현

욕망의 그늘, 욕망하는 일상의 변주

박 지 현

사물은 우리가 그것을 보건 못 보건, 알건 모르건 간에 끊임없이 변화한다는 누군가의 말에 이의가 없다. 우리 모두 그것을 인지하고 있기 때문이다. 누군가 콕 집어서 다시 한 번 확인한 것뿐이다. 변화란 지금 나는 가만히 있는데 주위의 사물들이 끊임없이 이동하는 것이고, 내가 움직이고 있는데 사물은 꼼짝도 않고 그대로 있는 것을 말한다. 내가 정지했을 때 사물 또한 정지한다. 술래 없는 숨바꼭질놀이가 딱 이럴 것이다.

일상의 우리는 늘 가만히 있으되 늘 어디론가 부유한다. 부유하는가 하면 한 자리에 머물러 있다. 정지와 이동이라는 두 단어는 우리가 방심하는 사이 서로 결합하여 한순간 우리를 욕망이라는 거대한 기표로 내몬다. 자크 라캉은 욕망을 환유이자 기표로 보았고, 욕망하는 대상은 신기루가 되어 잡는 순간 저만큼 물러난다고 하였다. 무엇을 어찌하고 싶지만 어쩌지 못하는 것. 그러나 부정의 뜻보다 긍정의 무게가 더 가깝게 다가온다. 그 끝이 보이지 않고 손에 잡히지 않는다고 해도 일상을 욕망하지 않는 삶이란 얼마나 재미없을까. 얼마나 심심할까. 얼마나 무미건조한 것인가.

1.

낮게 클래식음악을 틀어놓는다. 욕망하는 사물이 춤을 춘다. 사유가, 무의식이, 기억이, 바닥에 가라앉아있던 팽창과 수축이 서로 한 몸 되어 뒹군다. 형체를 갖지 못한 소리는 형체를 가진 사물을 움직이고 주변에 고정된 관계를 마구 흩뜨린다. 마디를 만들고 고리를 만들고 선을 만들어서 이들이 살아 꿈틀대는 욕망임을 일깨워준다.

추위가 절정에 다다랐을 때 어김없이 폭설이 찾아온다. 사람들은 집안에 갇히고 산짐승들은 폭설에 갇힌다. 욕망의 변주가 시작된다.

굶주린 고라니가 눈밭에 길을 낸다

두어 걸음 걸으면 왔던 길이 무너진다

천지가 한 방향인 걸 두 귀가 먼저 안다

폭설을 삼킨 고요 칼바람이 후려친다

허공에 핀 눈꽃들이 예고 없이 베어진다

고라니 젖은 눈동자 핏빛으로 날이 선다
　　　　　　　　　　　　—「폭설 이후」 전문

　고라니가 지나다니는 길이라고 푯말을 내건 도시 외곽도로
를 지나면서 정작 고라니를 본 적은 없다. 작은 산짐승들이나
들짐승들을 보호하고 함께 살고 있다는 것을 증명하고 싶은
것이라고 여겼다. 하지만 정말 그럴까. 확장일로의 덫에 걸린
거대도시의 팽창, 낡고 보잘 것 없는 것을 사정없이 허물어야
만 새로운 시대가 도래 한다고 믿는 정치인과 사업가들, 지식
인들, 견강부회하는 도회인들의 사고는 이를 가볍게 일축한다.
폭설은 예고를 해도 막을 수 없다. 여름의 장마처럼. 자연 재해
를 막을 도리는 없지만 최소한 줄일 수 있다는 과학의 발달은
고라니의 먹을 것을 마련해주지 않는다. 소외된 농촌과 산촌에
서는 폭설에 갇힌 고라니를 쉽게 만날 수 있다. 한 발 두 발 앞
으로 나가지 않으면 굶어죽어야 할 판이다. 하지만 앞으로 나

가는 것도 다시 돌아가는 것도 허용하지 않는 '폭설을 삼킨 고요'는 섬뜩하다. '칼바람'과 '허공에 핀 눈꽃들'은 고라니의 핏빛 눈동자에 모여든다. 어찌해야 할까. 진퇴양난이다.

1

아무도 모르게 한 몸이고 싶었다
모른 척 야합하며 내통하고 싶었다
목메어 허물어지는
통곡이고 싶었다

2

너를 누른 것도 누군가의 상처였다
차마 귀 닫자 했던 그때의 함성이었다
버거운 아픔 감추려고
산등성이 다 무너뜨렸다

3

해맑은 물감들이 두근두근 번져온다
폭설의 등허리에서 제비 떼 지저귀면
연둣빛 봄의 음각이
귀 먼저 열고 있다

— 「폭설에 대하여」 전문

폭설은 욕망의 또 다른 모습이다. 욕망에 내몰린 누군가의 기표이다. 극적인 구조를 통해 각각의 분출을 다르게 표현하고 싶었다. 대상에게 무너지고 싶은 욕망, 그 대상은 아무 조건 없이 '폭설'을 받아주어야 한다. 그 누구에게도 들키지 않게 은밀하게 모든 것을 있는 그대로 한 몸이 되어야 한다. 그러나 정작 폭설은 욕망의 피해자가 되어버린다. 가해의 입장인 줄 알았는데 그 반대가 된 것을 대상에 부딪쳐서야 알았다. 대상에 다가가고자 욕망하는 순간 입장이 얼마든지 바뀔 수 있음을 말하고 싶었다. 늘 어딘가에 부딪쳐야 하고 어딘가에 쌓여야 하고 그 어딘가를 향해 맹목적으로 가야 하는 폭설은 사실 어디에 닿아야 할지 모른다. '~이고 싶었다', '~였다'로 귀착될 뿐이다. 그러나 폭설은 새로운 욕망을 일깨운다. 봄이다. '연둣빛 봄의 음각'을 향해 달린다.

끝끝내 돌아선 뒷덜미가 허옇다
훌훌 털어내고
내어놓는 그대 향기
민들레
벙근 한 생을 흔적 없이 날려본다

의자에 걸터앉은 헐렁한 저 노인들
진작 몸 벗어놓고
날아오르길 기다린다
바람에

잘 마른 빈집 햇살을 껴안는다

떠나는 생명들은 모두 한 깃을 가졌다
제각각 혼자여도
모이면 하나인 것을
수많은
목숨 하나가 뭉클 솟아오른다
　　　　　　—「폭죽」 전문

　봄 한철을 잘 살아낸 민들레 포자는 예행연습을 마친 여행
자다. 자신을 어디에 내맡길지 알고 있다. '훌훌 털어내고/내어
놓는 그대 향기'는 바람이 손을 잡아준 덕분이다. 바람은 잠
시 숨을 죽이고 있다가 '의자에 걸터앉은 헐렁한 저 노인들'에
게로 다가간다. 그 노인들은 '진작 몸 벗어놓고/날아오르길 기
다'리고 있다. 준비된 여행자의 모습은 이토록 가볍다. 자신의
몸에서 무겁고 거추장스러운 것은 다 걷어버리고 뽑아버렸다.
'잘 마른 빈집 햇살을 껴안'으며 다음 순간으로 옮겨간다. 이
들은 일상의 삶에서 모든 것을 내려놓고 다음 생으로, 다음의
세계로 향하는 길을 고르고 있다. 다음 세계를 욕망한다는 것
은 조건이 내걸린다. 가벼움이다. 가벼움만이 필요하다는 것을
이들은 너무나 잘 알고 있다. 일상에서 다음 세계를 욕망하는
순간 이들은 일제히 모두 공중으로 솟아야 한다. '한 깃'으로
의 변모를 통해서다. 각각 따로 여도 '제각각 혼자여도/모이면

하나'가 되는 '수많은 목숨 하나'이 모두가 예외 없이 뭉클한
욕망임을 보여주고 싶었다.

스치듯
촉촉한 결
스밀 듯 뒷걸음치는
곰 살피는
따듯한 눈 손길 하나 없어도

초록을 숨겨놓은 땅 한 뼘 그늘 익어가네

한 생애
무르도록 속엣 것
다 내주었던
가파른
산등성이 감자꽃에 흐드러지네

아버지 설핏 든 낮잠 무량한 꿈 익어가네
　　　　　　　　　　—「어린 그늘」 전문

　강원도의 대표적 생산품은 아직도 감자와 옥수수이다. 요즘
은 예전에 비해 다양한 재배를 하고 있지만 토양의 특성상 감
자와 옥수수가 타생산지의 맛과 크기를 앞서고 있다. 씨알도
굵은 것이 역시 강원도의 대표적 생산품의 모습을 갖추고 있

어 여전히 압도적이다. 해발 4~600미터의 산간마을의 산등성이는 멀리서 보면 편안하게 누웠지만 가까이 다가가면 강팍하고 가파르다. 그래서 허리를 많이 구부려야 한다. 고랭지 배추를 심거나 감자, 옥수수, 양배추가 사방연속 벽지처럼 누워있는 산간지방의 산등성이는 모두 욕망의 배경이거나 욕망의 대상이다. 모자를 쓰고 허리를 구부리고 있는 이들은 남녀의 구분을 갖지 않는다. 한 집안의 가장이면 되었다. 그 중 늦도록 허리를 펴지 못하고 있는 이들은 아마도 아버지일 것이라고 믿고 싶다. 땅에 머리를 조아리고 있는 아버지, '초록을 숨겨놓은 땅한 뼘 그늘 익어가네'를 노래하고 있는 것이 틀림없어 보인다. 애면글면 산등성이가 없었다면 집안 식솔을 건사하지 못했을 것이다. '한 생애/무르도록 속엣 것/다 내어주었던/가파른/산등성이 감자꽃에 흐드러'질 때 아버지를 뒤덮은 것은 해가 아니라 땅속에 숨은 욕망, '어린 그늘'일 것이다. 절대 늙지 않는 이 그늘은 일상을 살아내어야 하는 욕망의 투사체이다.

2.

못은 뽑히고 싶거나 박히고 싶은 욕망으로 얼룩져 있다. 우리의 일상도 그럴 것이다. 뛰거나 달리 거나 서 있어야 하는 일상을 욕망한다. 더 잘 살고 싶어서, 남들보다 더 잘난 내가 되고 싶어서, 아니 되어야만 하기에 달려야 한다. 뛰어야 한다. 때

론 서 있기도 해야 한다. 일상은 그대로인데 내가 달리고 있다.
내가 달릴 때 일상도 따라 달려야 한다. 나는 가만히 있는데 일
상이 달리는 이 숨 가쁜 욕망의 그늘은 '못'이 되어 박힌다.

무성한 못질을 온몸으로 받아낸다

깊이를 알 수 없는 허공 깊은 발끝모아

한순간 뚫고 들어온 아득한 적요의 날

평생토록 온몸을 두들겨서 일으키는

가장의 양어깨도 황태처럼 각이 섰다

못 박혀 휘청거리지 쿨럭이지 못하는
　　　　　　　　　　—「허공 깊은, 못의 시학 · 1」 전문

　한겨울 인제 용대리의 덕장에서 칼바람을 맞고 꼿꼿이 매달
려 있는 황태는 못에 박힌 형상을 하고 있다. 팔다리가 꼼짝할
수 없도록 사지에 박힌 못. 못의 중력을 있는 그대로 받아내고
있다. 일상의 삶이란 이렇듯 못 박힌 것과 무엇이 다를까. '깊
이를 알 수 없는 허공 깊은 발끝'은 텅 빈 아래를 향하고 있다.
황태의 직립은 인간을 욕망하고 있음인가. 아니면 인간이 황태

를 욕망하고 있음인가. '평생토록 온몸을 두들겨서 일으키는//
가장의 양어깨도 황태처럼 각이 섰다//못 박혀 휘청거리지 쿨
럭이지 못하는' 양태가 서로 흡사하다. 용대리와 미시령을 넘으
면서 만나는 수많은 덕장의 황태는 이 시대 가장의 대표적 표
상이다. 눈보라를 맞아야만 더욱 꼿꼿이 일어설 힘이 생긴다.
눈보라 없이 어찌 황태의 각이 설 것이며, 진정한 황태로 거듭
날 수 있단 말인가. 가끔 이곳을 지날 때마다 칼바람을 맞고
서 있는 수없는 가장을 만나는 것만 같아 숙연해지기도 했다.

허공을 내려놓고 딸깍 생각을 켜본다

한 치 앞 절벽이야 모른 척 해보지만

물컹한 늪지의 기억 뽑히지 않는 상처들

소리를 두드리면 고요에 이는 물결

못 통을 헤집어서 녹슨 나를 골라낸다

침묵의 바다 끝에서 당신이 욱신거린다
　　　　　　　—「상처 피다, 못의 시학 · 2」 전문

앞의 시가 '가장'의 허공이었다면 이 시는 자아의 허공이

다. 너와 나의 허공이다. 나와 마주한 타자는 상호동질성에 놓여 있다. 일방적인 상처는 없으리. 누군가 나를 못으로 정의하여 박음을 한다면 타자 역시 그러한 상황에 놓여 있을 확률이 클 것이다. 주고받는 상처의 크기와 깊이는 못만이 알 것이다. 그러나 '상처'는 상처로 남아 있기를 거부한다. '한지 앞 절벽이야 모른 척 해보지만//물컹한 늪지의 기억 뽑히지 않는 상처들'을 껴안아야 한다. 껴안지 않고 밀어낼 때 아득한 허공으로 추락한다. '못 통을 헤집어서 녹슨 나를 골라' 냄으로써 허공을 딛고 올라서게 된다. 하지만 '녹슨 나'는 삶의 곳곳에서 방황한다. 타자이면서 자아인 '녹슨 나'의 존재는 자칫 상처를 극복하지 못하고 추락할 수도 있다. 그렇다하더라도 늘 반전은 있기 마련이다. '침묵의 바다'라는 완충지대에서 '나와 당신'은 반드시 만나게 되어 있으므로.

학교 담장 모래밭에 비둘기 예닐곱이

쌓인 눈을 쪼고 있다 등허리에 해 얹고서

땅속에 묻어 놓은 봄 얼마 쯤 올라왔나

옆 가게 문구점 앞 개구쟁이 서넛이

카드 뽑기 열중이다 비둘기처럼 쪼고 있다

언 손을 빨갛게 익혀 봄꽃 되고 말 거라는

소리도 삼켜버린 우수지난 함박눈이

행인들 어깨에도 자동차 바퀴에도

지들이 봄꽃이라고 난분분 피고 있다
— 「신춘新春」 전문

계절 중에서 봄은 으뜸으로 우리의 가슴을, 마음을, 삶을 설레게 한다. 추위에 웅크렸던 삶과 생각과 몸에 연두빛 푸른 기운을 잔뜩 불어넣는다. 힘들다고 주저앉을 수 없게 한다. 새 학기가 시작될 때 아직은 볼이 얼얼한 꽃샘추위에도 아랑곳 하지 않는 개구쟁이 꼬마 아이들. 학교 앞 문방구 앞에서 카드 뽑기 놀이에 열중한다. 이들의 모습이 앙증스럽다. 그 옆에서 잔 눈을 쪼고 있는 비둘기들과 흡사한 모양새를 가졌다. 아직은 곧장 들어오지 못하고 주춤거리는 봄을 보물찾기 하듯 찾고 있는 아이들과 비둘기들의 모습을 통해 '신춘新春'을 보았다. 뿐만 아니다. 봄으로의 진입이 한창인 우수 지난 어느 날에 함박눈이 쏟아진다. 봄꽃들이 다투어 필 때 '함박눈'은 먼저 봄꽃이 되고 싶어 안달이 난 것을 보았다. 새봄맞이의 상서로운 함박눈을 보면서 그 안에서 초록의 힘으로 일어서는 아이들을 본다. 세상의 이치란 각자의 놀이와 역할이 얼마나 충실한가에 따라 만들어지는 것을 보았다.

등뼈 없는 것들은 등뼈를 세우고

등뼈 있는 것들은 제 뼈를 허물어서

울음도 들키지 않게 눈치껏 날려야지

겨울눈처럼 갖출 거 다 갖추면 안 되지

보고 싶다 달려오고 나뭇가지에 애걸하는

고전적 엇박자 걸음 흉내 내면 안 되지

공중에서 공중으로 바닥에서 바닥으로

이마에 닿을락 말락 입맞춤만 해야지

봄눈은 한바탕 굿판 더도 말고 그렇게
　　　　　　　　　　　　　—「진화」 전문

봄눈은 이렇듯 한바탕 굿판처럼 내려야 한다. 절대 겨울눈처럼 갖출 것 갖추어서 내리면 안 된다. 하염없이 떠밀려서 내리는 건 더욱 안 된다. 봄바람에 마음 뺏긴 사람들처럼 한눈팔고

딴 짓도 하는 모습으로 내려야 한다. 봄눈에서 등뼈를 발견한
것은 최근의 일이다. 허물고 세우는 것이 아주 용이한 재주를
가진 봄눈이야말로 등뼈의 역할은 소중하다.

전깃줄 위 우르르 비둘기가 날아든다
오래 버려졌던 참새들의 전용 구역
늦여름 무더위 뚫고 리모델링 한창이다

내 앉은 곳 내 소유라 등 휘도록 닦는다
한 생애 닦은 자리도 돌아보면 낯선데
발가락 무뎌지도록 전깃줄에 윤을 낸다

애초 전깃줄은 누구의 것도 아닌 것
날개 젖은 길손들의 고독한 정거장일 뿐
비둘기 애써 닦은 땅 빗방울에 무너진다
　　　　　　　　　—「소유에 관한 고찰」 전문

　전깃줄은 이제 누구의 소유도 아니다. 공용이 되었다. 과거엔
참새들의 전용공간으로 기능했다는 고정관념에서 이제 벗어나
야 할 것 같다. 간간이 까치가 까마귀가 날아 앉더니 이젠 비둘
기가 자주 이용한다. 인간의 일상에서 밀접한 공간 중 전깃줄
만큼 아슬아슬한 공간이 많지 않다. 공중에 떠 있는 고압의 전
선은 우리의 삶을 양면성에 밀어 넣는다. 꼭 필요한 에너지이

면서 항상 위태로운 사고를 유발하는 존재이다. 그러나 하루를 깨우고 시작하는 부지런한 참새들 덕분에 전깃줄을 위태로운 공간으로 인식하기 이전 집과 집을, 인간과 인간을, 인간과 세상을 연결시켜주는 정서적 공간으로의 인식을 가져왔고 위험을 완화시켰다. 그러나 어느 날, 참새들은 미련 없이 어디론가 가버렸다. 대신 비둘기들이 그 자리를 차지했다. 일상에서 자주 만날 수 있는 전깃줄 위의 비둘기를 보면서 욕망하는 새들의 일상을 보았다. 누군가 떠나면 누군가 그 자리를 대신 채우는 것은 인지상정이다. 섭섭함을 느끼는 것은 아마 익숙함 때문일 것이다. '내 앉은 곳 내 소유라 등 휘도록 닦는' 것이 자연스러운 변화 아닌가. 우리의 삶도 마찬가지일 것이다. '한 생애 닦은 자리도 돌아보면 낯선' 것일 테다. 오랜 시간 애써 갈고 닦은 내 자리는 어느 틈엔가 남의 자리가 되어 있다. 확인하는 데 오랜 시간이 걸리지도 않는다. 기웃거리는 내 삶은 기웃거리는 누군가의 차지가 될 것이다.

팔순 어미 잘 어르던 얼굴 까만 아들의
그 갈비뼈 눌린 아픔 곧잘 솎든 어무이가
불볕의 마른 장맛날
새벽녘에 떠났다

달맞이꽃 채종유가 가을들판 익혀낼 때
깨알의 씨앗 틔운 어무이 해진 가슴은

그 사내 떠난 적 없던
이맛돌 구들이었다

평생 일군 농사가 씨알 굵지 않아도
엎드려 땅을 일군 불거진 손마디는
풋내 난 소복한 소반
칠흑밝힌 기름종지였다

부의라고 쓴 봉투에 얼굴 까만 아들의
그 손 안 닿는 외로움 꽃물들이던 어무이를
먹먹히 밀어넣었다
윤오월 보름이었다
　　　　　　　　　　　　─「문상」 전문

　강원도 홍천 내면은 첩첩의 양양 설악과 인제가 그리 멀지
않은 산중에 있다. 감자와 옥수수와 채소를 키우면서 달맞이
씨를 털어 채종하는 일을 한 늙은 어무이. 그 누구의 아내였
고 아이들의 어머니였고, 한 여성이었지만 '어무이'가 된 이후
로 일 밖에 몰랐다. 문상을 다녀오면서 아직은 이 시대를 떠받
치고 있는 많은 힘이 '어무이' 한테서 나오고 있음을 알았다.
어릴 때 뿐 만 아니라, 성장한 이후에도 자식들의 헛헛한 마음
이 오갈 데 없을 때 항상 어무이가 있었다. 묻지도 않고 따지지
는 더욱 않고 알고 싶어 하지도 않는 '어무이'는 감자 칼국수

를 잘 끓여냈고, 푸성귀를 잘 키웠다. 전깃불을 아끼려고 밀어
두었던 낡은 등잔을 가끔 쓰기도 했다. 옛 고향집 구들도 아마
그럴 것이다. 오래 전 아이들이 무럭무럭 클 수 있었던 것은 따
끈한 구들장 때문이 아니었을까. 어무이는 그 아들의 마지막
구들장이었음을 알았다. 나이 들어 더 외로워진 장년의 아들을
그저 끌어안아주던 어무이. '부의라고 쓴 봉투에 얼굴 까만 아
들의/그 손 안 닿는 외로움 꽃물들이던 어무이를/먹먹히 밀어
넣'을 수밖에 없었다.

3.

한 자리에 가만히 있지 못하고 어디로 가고 또 가야하는 것
이 인간의 숙명이라면 도회지의 숨 가쁜 쳇바퀴의 삶은 매우
자연스러운 현상이다. 멀리 가고 싶어도 멀리 가지 못하는 일상
의 속성은 도회지의 삶을 택한 인간에게 순환이라는 듣기 좋은
말로 일상의 삶을 꾸러미 엮듯 꿰어 놓았다. 꽤 괜찮은 발상이
지 않은가. 여전히 초원의 길에서 살아가는 중앙아시아의 유목
민들의 삶은 가축의 먹이를 찾아서 겨울이면 눈보라를 뚫고 목
초지를 향해 이동을 감행한다. 저들이 처한 환경에서 선택은
각자의 몫이겠지만 세상이 많이 달라졌지만 아직도 다양한 삶
의 선택지가 있음을 극단적으로 보여준다. 그러나 점점 거대도
시화에 갇혀버리는, 갇히기를 원하는 도시 문명의 인간의 삶은

둥글어야 하고 또 모서리를 가져야만 한다. 가끔 불빛도 필요하고 별의 반짝임도 필요할 것이지만 산길을 만날 때는 벌거벗은 자신과 맞닥뜨려야만 한다.

살아있는 것들은 죄다 모서리를 가졌다
좌측우측 드러난 쇄골의 그 어디쯤
한 발은 버티고 벼려 부서지고 흩어진다

떠받드는 어깨 하나쯤 여벌로 남겨서
비위 맞추고 짐짓 못 본 척 돌려 막으면
넉넉한 그늘 뒤에는 햇발이 구르는 것을

살고 싶은 것들이 어쩔 수 없이 껴안는
헐거워진 허리춤에 늘어나는 바짓가랑이
슬며시 잡아 당겨서 동글게 말아본다
　　　　　　　　　　　—「모서리」 전문

　살아 있음을 확인하는 것은 내 안에 모서리가 만져질 때다. 둥글어야 잘 살 수 있다는 말을 귀가 아프도록 들어왔지만 정작 둥글게 산다는 것이 어떤 것인지 잘 알지 못한다. 일상에서 내 안에서 자주 만져지는 '모서리'를 통해 내가 아직 살아 있음을 감지할 뿐이다. '살아있는 것들은 죄다 모서리를 가졌다/좌측우측 드러난 쇄골의 그 어디쯤/한 발은 버티고 벼려 부서지고 흩어' 지더라도 살아야만 한다. 모서리를 지켜야만 한다. 그것이 살아있음을 증명한다. 욕망하는 일상은 수시로 자리를 이동하므로 어디서나 언제나 모서리를 확인하게 된다. 조금만 돌아보면 나를 볼 수 있다고 하는데 그 조금이 잘 안 된다. '나' 에 가려서 나의 '치졸한 욕망' 에 가려서 정작 건강한 욕망을 보지 못하는 수가 있다. 내가 가진 두 개의 눈과 내 안의 눈과 내 몸의 눈, 그리고 타자의 눈을 보면서 모서리를 느껴야 하는 것이다. 그러나 이것만큼 어려운 것이 어디 있으랴. 내가 감지한 모서리를 다 느끼고 분별하지 못하더라도 최소한의 것만이라도 감각한다면 조금 덜 부끄러운 '나' 가 되지 않을까 반성해본다.

자귀꽃 등불 켜든
굽은 산길 달리네
뒤 따른 이 없고 마중하는 이 없는데
길 하나 망설임 없이 뒤뚱이며 흐르네

오체투지 길을 따라 해진 길 보듬는데
갈증의 타오른 날 빛살은 더 멀어지고
뻐꾸기 울음소리만 산을 타고 날아가네

산속에 모여든 길
모두 산이 되고 싶었네

남루의 맨발로나 하늘 총총 기웃대네

질척인 바퀴자국만 자귀꽃 활활 피우네

—「자귀꽃 산길」 전문

첩첩의 백두대간의 등허리를 타고 가다보면 산이 사람으로
보인다. 사람이 산으로 보인다. 백두대간의 높은 봉우리를 헐
어서 터널을 만들고 또 만들어서 길과 길을 잇듯 산과 산을 이
어 놓았다. 애초에 떨어져 있어야 산일 텐데 산은 이제 길이 되
었다. 산이 아니라 도로가 되었다. 꼭 필요한 도로가 아니라 인
간의 이기적 욕망의 산물이 되었다. 조금 덜 편하면 될 것을, 조
금 더 불편하면 될 것을 문명의 차고 냉혹한 발달과 이기는 우
리의 마지막 보루인 '산', '숲'을 헝클어버렸다. 돈만 많이 벌
면, 많이 생기면 무슨 일이든 못하랴. 영혼까지도 파는 세상인
데 뭔들 못하랴하고 할 수 있겠지만 분명 뭔가 자꾸 잘못되어
간다는 생각을 멈출 수 없다.

욕망의 좌충우돌을 정작 도시가 아니라 첩첩의 산중에서 만
난다. 도회적 산물이 그대로 끌려온 것이니 당연한 귀결일 것이
다. 빠르고 쾌적한 목적성의 길은 주말이면 악성 정체구간으로
피폐해지고 산중의 구불구불한 길은 이제 곧 잊히고 버려질 것
이다. 동서를 한달음에 달려서 무엇을 얻고 보고자 함인가. 왕
복 세 시간에 동해안과 서해안을 반나절에 볼 수 있다는 것은
우리의 일상, 우리의 삶, 욕망하는 삶의 건강성이 이토록 수명

이 짧은가를 확인하는 것에 다름 아니라고 생각해본다. 한여름 '자귀꽃'이 만개한 구불구불한 해발 400~600미터의 산길은 끝없이 아름답다. 굳이 1000미터 고지를 향하지 않는다 하더라도 산중의 길은 아름답기 그지없다. 산과 숲의 향이 오래 내 삶을 욕망의 그늘에서 벗게 한다.

신을 벗어든 건 남루한 마루의 탓
아득한 적의가 손을 내밀어서다
맨발의 막막한 온기 쉼표 찍고 싶어서다

그 발에 길을 묻고 숲을 잃어버린 날
바닥이 다 닳도록 길을 찾아 나섰다
지도 속 외길 번호가 신발 속 그 길인 것을
— 「신발을 탐하다」 전문

내가 가는 길은 지도 속의 그 길인가, 아니면 내 신발이 이끄는 길인가. 가끔 신발을 벗고 맨발로 걷고 싶을 때가 있다. 정말 가끔 모래밭에서나 개울가에서 발을 벗어들기도 하지만 잠깐이다. 맨발에 닿는 모래나 자갈에 발바닥이 아프다. 하지만 신발 속에 갇힌 길은 일상의 어디서나 발견된다. 차마 맨발로 살 수 없는 도회지의 삶은 욕망의 그늘이 깊다. 어쩔 수 없는 선택이다. 문명에 길들여진 것이 인간에게 그리 나쁜 것이 아니기에 순응하고 이해하며 수용한다. 그러나 어느 순간, 내가 어

디로 가고 있는가, 제대로 가고 있는가를 확인하고 싶을 때가
있다. 그럴 때 가차 없이 신발을 벗어들어야 한다. 매우 잠시일
지라도 발을 벗어들고 있을 때, 봄 햇살 쨍하게 내리쬐는 거실
바닥이나 마루에 발을 올려놓으면 혹시 조금이나마 길이 보이
지 않을까. 부유하는 욕망에 사뭇 등 떠밀려 보는 것이다.

> 생전의 눈부신 날
> 제 날개 깊은 곳에
> 아무도 모르게 미련하게 숨겼다
> 활활활 목숨 벗은 후 무늬 하나 남겼다
>
> 길 위를 굴러가는
> 남은 바퀴 하나쯤은
> 옆구리에 슬쩍 내 것으로 갈아 끼워
> 한 생을 그저 그렇게 남들처럼 굴릴 걸
>
> 가진 것 다 내어주고도
> 못 준 것이 더 많았다던
> 날개만 퍼덕여도 생의 속이 다 비치는
> 아버지 따뜻한 걸음 빈 몸 벗어 거둔다
>   ―「무늬하루살이」 전문

여름철의 날벌레는 습하고 무더울 때 극성을 부린다. 불빛에

모여드는 하루살이의 공격은 물이 많은 곳에서 더욱 격렬하다. 호수 주변의 집들은 한여름에 몸살을 앓는다. 무늬하루살이의 생육 역시 성체로 태어나서 만 하루 살다가 알을 품고 죽는다. 알은 다시 성체로 태어나는 순환의 삶은 생명체가 갖는 삶에의 강한 욕망에 다름 아니다. 무조건 살아내어야만 한다는 절대절명의 진리는 인간의 것만이 아니다. 이 지구상에 공존하는 모든 생명체에게도 그대로 적용된다.

무늬하루살이를 통해 이 땅의 많은 아버지를 보았다. 가장으로 살아야 하는 남성들의 애환은 어머니로 살아야 하는 여성들과 별반 다를 바 없는, 어쩌면 더욱 치열한 노역의 삶일 것이다. 하지만 빛나는 시절이 분명 있다. 자아를 완성하기 위해 나만의 이상을 향해 끊임없는 욕망에 자신을 내맡겨 본적이 있을 것이다. 가장이 되고 어머니가 된 이전의, 그리고 이후의 노역은 또 새로운 선택이었을 것이다. 비록 힘들고 지치더라도 꽤 살만한 인생이지 않은가. 노역의 삶일지라도 '나'라는 자아는 넘치고 비어 있는 곳, 고장 난 곳, 부러진 곳, 가꾸어야 할 곳을 찾아 끊임없이 이동하고 달린다. 욕망의 에너지는 자아가 어떤 상황이건 제자리에 가만 두지 않는다.

하이데거는 현존재가 예술을 대하는 태도를 변경하기위해 《예술 작품의 근원》이라는 책을 썼다. 이는 근대에 들어서면서 예술작품이 더 이상 교회의 필요에 의한 것이 아니라 세속의 필요에 의해 제작되기 시작했다는 것을 말하고 싶어서였다. 성당에 걸려 있던 그림들마저 박물관에 수집된다는 것은 그 의미에 더욱 힘을 실어주었다는 것이다. 진중권에 의하면 이러한 미적대상의 격하는 근대 예술문화를 새롭게 정의하고 예술작품을 대하는 현존재의 태도에 변화를 가져왔다는 것을 의미한다고 했다.

작품은 존재자의 모방이 아니라 존재의 진리가 일어나는 것을 의미하는 이 말은 시대에 따라 작품을 수용하는 방식이 달라야 한다는 것에 중점을 둔다. 현대 시조가 복잡다단하고 급변하는 현대의 삶에 천착하고 그 이면에 놓인 존재, 존재의 자아탐색, 미적 대상과 현대의 정서 등을 사유할 때 비로소 기존 존재자의 모방이 아니라 현 존재의 진리가 일어나는 것과 같을 것이라고 생각해본다. 이 시대의 현대시조가 나아갈 방향과 그 맥락이 이와 유사하다는 것을 다시 한 번 확인한다.

박지현 __ 1996년 시와시학 시, 1999년 월간문학 동시, 2001년 《서울신문》《부산일보》 신춘문예 시조 당선. 아주대 국어국문학과 대학원 졸업(문학박사). 시집 〈그대 빈집이었으면 좋겠네〉 〈바닥경전〉 〈고요, 혹은 떨림〉 외. 시조집 〈미간〉 〈저물 무렵의 시〉 〈눈 녹는 마른 숲에〉와 시평론집 〈한국서정시의 깊이와 지평〉, 시조평론집 〈우리시대의 시조, 시대의 서정〉 등. 수주문학상, 지용신인문학상, 이영도신인문학상, 청마문학상신인상을 수상.

시와소금 시인선 063

못의 시학

ⓒ박지현, 2017, printed in Seoul, Korea

1판 1쇄 발행 2017년 07월 25일
지은이 박지현
펴낸이 임세한

디자인 유재미 정지은
펴낸곳 시와소금
출판등록 2014년 1월 28일 제424호
발행처 강원 춘천시 충혼길20번길 4, 1층 (우-24436)
편집실 서울시 중구 퇴계로50길 43-7 (우-04618)
팩스겸용 (033)251-1195 / 휴대폰 010-5211-1195
이메일 sisogum@hanmail.net
ISBN 979-11-86550-42-7 03810
값 10,000원

* 이 시집은 강원도 강원문화재단의 후원금으로 발간되었습니다.